Cuentos y leyendas
de Argentina y América

Paulina Martínez

1996, PAULINA MARTÍNEZ

De esta edición

1996, Aguilar, Altea, Taurus, Alfaguara S.A.
Av. Leandro N. Alem 720 (C1001AAP), Ciudad de Buenos Aires, Argentina

ISBN 10: 987-04-0325-5
ISBN 13: 978-987-04-0325-8
Hecho el depósito que indica la Ley 11.723
Impreso en la Argentina. *Printed in Argentina*

Primera edición: junio de 1996
Decimosegunda reimpresión: febrero de 2005
Segunda edición: febrero de 2006
Tercera reimpresión: enero de 2008

Diseño de la colección: Manuel Estrada

Una editorial del grupo **Santillana** que edita en:
España • Argentina • Bolivia • Brasil • Colombia
Costa Rica • Chile • Ecuador • El Salvador • EE.UU.
Guatemala • Honduras • México • Panamá • Paraguay
Perú • Portugal • Puerto Rico • República Dominicana
Uruguay • Venezuela

Martínez, Paulina
    Cuentos y leyendas de Argentina y América - 2a ed. - Buenos Aires : Aguilar,
Altea, Taurus, Alfaguara, 2006.
    80 p. ; 20x12 cm. (Serie Morada)

    ISBN 987-04-0325-5

    1. Folclor Argentino-Cuentos y Leyendas. 2. Folclor Americano-Cuentos y
Leyendas. I. Título
    CDD 398.209 8

Cuentos y leyendas
de Argentina y América

ÍNDICE

Había una vez, hace mucho tiempo...

Desde que los primeros grupos humanos fueron habitando la Tierra, nació una costumbre. Después de sus trabajos diarios, entre una cacería y otra o en las largas noches de invierno al abrigo del fuego, se reunían y distraían contándose lo que les había sucedido o inventaban historias.

Estas narraciones fueron transmitiéndose de boca en boca, de padres a hijos, de una generación a otra, de un lugar a otro y dieron la vuelta al mundo.

Nadie sabía quién las había inventado ni tampoco le interesaba saberlo, y al repetirlas una y otra vez, introducían voluntaria o involuntariamente modificaciones. Esto explica por qué un mismo cuento es muy parecido pero no igual en México, en Perú o en la Argentina.

Con el tiempo los especialistas comenzaron a clasificarlas: son populares cuando, en el lugar donde se las conoce, las sabe contar la mayoría de la población; son tradicionales porque desde que fueron inventadas, en tiempos muy remotos, siguen existiendo hasta nuestros días; son anónimas porque no se conoce al autor y por tener estas características son folclóricas como por ejemplo Blanca Nieves, Caperucita Roja, etcétera.

Dentro de este grupo de narraciones fol-

clóricas encontramos las leyendas y los cuentos.

A todo aquello que al hombre le llamaba la atención como la aparición de un animal o una planta, antes nunca visto en el lugar, o cuando se preguntaba dónde estaba el sol cuando no se lo veía en el cielo o qué impulsaba los vientos con tanta fuerza, etc., él le daba una explicación a través de las historias que inventaba. Éstas son las leyendas, generalmente dramáticas y con finales moralistas, pero hay algunas muy lindas, con finales felices en donde triunfa el amor.

A diferencia de las leyendas, los cuentos se destacan por el humor con hechos o sucesos en los que se ven implicados animales o personas indistintamente y no son para explicar algo.

Tanto los cuentos como las leyendas hacen la delicia de los grandes y los chicos, por eso fue tan grata la tarea de compilar este material.

Paulina Martínez

Cuentos y leyendas
de Argentina

El gallo que se
ensució el piquito

Había una vez un gallito que tenía que ir a la boda de su tío Perico.

Entonces se lavó y lustró bien el pico
y las plumas. Cuando estuvo listo salió.

Iba cantando y caminando cuando
de pronto encontró en un charquito un grano de trigo y se dijo:

—Si no pico pierdo el grano y si pico
me mancho el pico y no puedo ir a la boda
de mi tío Perico. ¿Qué hago? ¿Pico o no pico?

Miró y miró el grano de trigo hasta
que por fin picó y gluc... se lo comió. El barro le ensució el pico y se puso a llorar.

Entonces pensó en pedirle ayuda al
pasto y le dijo:

—Pasto, pastito, ¿me limpias el pico
para ir a la boda de mi tío Perico?

Y el pasto le dijo:

—No.

—Mira que llamo a la vaca para que
te coma. ¡Vaca... vaca!, come al pasto que
no quiere limpiar mi pico, para ir a la boda
de mi tío Perico.

Y la vaca le dijo:

—No.

—Mira que llamo al palo para que te pegue. ¡Palo... palo!, pégale a la vaca; que la vaca no quiere comer al pasto, que el pasto no quiere limpiar mi pico para ir a la boda de mi tío Perico.

Y el palo le dijo:

—No.

—Mira que llamo al fuego para que te queme. ¡Fuego... fuego!, quema al palo que no quiere pegar a la vaca, que la vaca no quiere comer al pasto, que el pasto no quiere limpiar mi pico para ir a la boda de mi tío Perico.

Y el fuego le dijo:

—No.

Entonces el gallito desconsolado se puso a llorar más fuerte. En ese momento pasaba por ahí el tío Perico que al verlo le preguntó:

—¿Por qué lloras gallito?

—Porque el fuego no quiere quemar al palo, el palo no quiere pegar a la vaca, la vaca no quiere comer al pasto y el pasto no quiere limpiar mi pico para ir a tu boda.

—Pero gallito, no seas tonto —dijo el tío Perico—, ven a mi casa, te lavas el pico y listo.

Y así fue, cuando llegó a la casa de su tío, se lavó el pico y después fue a la fiesta donde se divirtió mucho.

Cuento de Buenos Aires

La apuesta

Un día la lechuza y el mono descubrieron sus costumbres.

El mono se rascaba continuamente por todo el cuerpo y la lechuza movía la cabeza para un costado y para el otro sin parar. Esto les provocó tanta risa que comenzaron a burlarse el uno del otro.

—Ja, ja, ja; tenga cuidado don Mono, no sea cosa que se le gasten las uñas —se burlaba la lechuza.

—Mejor cuídese usted, doña Lechuza —decía el mono—; cualquier día de estos se le cae la cabeza de tanto dar vueltas y los vecinos van a comentar.

—¿Y qué van a comentar los vecinos?, si se puede saber.

—Miren a doña Lechuza, no tiene cabeza.

Burla va, burla viene, al fin terminaban peleándose y cada uno se retiraba a su casa de mal humor. Sin embargo, al otro día, volvían a trabarse en una nueva discusión y los animales de la selva se preguntaban cuándo terminaría todo esto ya que estaban cansados de oírlos pelear.

Así pasó el tiempo, hasta que un día resolvieron hacer una apuesta. Se trataba de comprobar quién aguanta más, si el mono sin rascarse o la lechuza sin mover la cabeza.

Invitaron a todos los animales a presenciar el desafío. Una comadreja y un tucán serían los jueces.

El día fijado se acomodaron todos en un claro de la selva formando un círculo y, en el medio, el mono y la lechuza se pararon frente a frente.

El tucán dio la orden de empezar y el mono y la lechuza se miraron fijamente tratando de no moverse; así pasaron un buen rato.

Al fin el mono, no pudiendo aguantar más la picazón, dijo a la lechuza:

—Si viene un ladrón, yo saco un revólver... ¡y ahí viene uno! —gritó y aprovechó para rascarse mientras hacía el ademán de sacar el revólver.

—¡Yo ya lo estoy viendo! —gritó la lechuza que no quiso perder la oportunidad para mover la cabeza.

—¡Y los dos están perdiendo! —gritó el tucán.

Esto les causó tanta gracia a los animales que estaban presenciando la apuesta, que comenzaron a revolcarse por el suelo, muertos de risa.

Por supuesto el mono y la lechuza perdieron.

Cuento de Misiones

El árbol de la sal

Hay una planta en el norte de nuestro país, mal llamada árbol, que los mocovíes la conocen con el nombre de Iobec Mapic. Se trata de una especie de helecho que alcanza aproximadamente dos metros de altura.

La leyenda cuenta que cuando Cotaá (Dios) creó el mundo, también creó esta planta para que le sirviera de alimento al hombre.

Cuando la primera especie fue depositada en la tierra, ésta se multiplicó rápidamente en grandes matas y los hombres pudieron consumirla en abundancia.

Neepec (el diablo), que no perdía de vista a Cotaá espiando todo lo que hacía, sintió tanta envidia, que se propuso destruirlas de alguna manera.

Voló por el aire con la rapidez de un rayo hasta las salinas más cercanas, llenó un gran cántaro de agua salada y con la misma rapidez la arrojó sobre las matas con la intención de quemarlas con el salitre.

Sucedió entonces que las raíces absorbieron el agua; la sal se mezcló con la savia y las hojas tomaron el mismo gusto.

Una vez más, Neepec fue vencido con sus propias armas, porque la planta no perdió su utilidad, ya que con ella sazonan las carnes de los animales salvajes y otros alimentos.

Cuento del Chaco

Ingale

Ingale era un muchacho que todo se lo creía.

Un día su madre lo mandó a cortar leña; Ingale tomó el hacha y salió hacia el bosque con su burro.

Cuando llegó se subió a la rama de un árbol y comenzó a cortarla con el hacha.

Estaba en eso cuando pasó un hombre y al verlo le dijo:

—Qué estás haciendo muchacho; cortando la misma rama en la que estás sentado; te vas a caer.

—Yo estoy bien donde estoy —le contestó Ingale—, usted no se meta.

El hombre se fue y el muchacho siguió, hasta que la rama se desprendió del tronco y cayó al suelo junto con Ingale.

—¡Ese hombre es adivino! —exclamó y salió corriendo para encontrarlo.

—Señor, usted es adivino —le dijo al verlo—; hágame el favor, dígame cuándo me voy a morir.

—¡Ah, bien! Te vas a morir cuando tu

burro rebuzne tres veces —le contestó el hombre dispuesto a hacerle una broma y siguió su camino.

Agarró entonces una cuña de madera, la envolvió con un pañuelo para hacer un tapón y se la colocó en la boca del burro para que no pudiera rebuznar.

El animal se sentía muy incómodo y sacudía nervioso la cabeza para sacarse el tapón.

Ingale entre tanto juntó la leña, la colocó sobre el burro y tomando las riendas inició el camino de regreso a su casa.

El burro resoplaba y sacudía desesperadamente la cabeza.

—Quedáte quieto burrito —le decía Ingale—, no hay otra, no ves que si rebuznás yo me muero.

El animal estaba enloquecido y tanto hizo por sacarse eso que tenía trabada su boca, que pegando un fuerte rebuzno logró hacer saltar el tapón.

Ingale en ese momento estaba parado frente a él observando lo que el animal hacía; el tapón salió con tanta fuerza que fue a pegarle justo en el pecho.

—Había sido verdad lo que dijo el adivino; el burro me mató, dijo y suspirando se dejó caer al suelo.

Al rato pasaron tres hombres y, creyendo que realmente estaba muerto, decidieron llevarlo al cementerio.

Ingale pesaba bastante y en la mitad del camino uno dijo:

—Mire mi amigo, estoy cansado, vamos por aquí, queda más cerca.

—No, no, mi amigo, más cerca es por acá —le contestó el otro.

—¿A mí me lo va a decir, que estoy cansado de hacer este camino? —y los dos se trabaron en una fuerte discusión.

Entonces Ingale se incorporó un poco y dijo:

—Miren, cuando yo estaba vivo iba por donde yo quería, ahora que estoy muerto llévenme por donde quieran.

Los hombres espantados lo tiraron al suelo y salieron corriendo.

Como nadie más pasó por allí, el muchacho tuvo que levantarse por sus propios medios y volvió a su casa.

La madre, al verlo sin el burro y sin la leña, lo reprendió y con unos cuantos coscorrones le ordenó que fuera a buscarlos.

Por más que Ingale insistió, no pudo convencer a su madre de que estaba muerto y tuvo que ir.

Cuento de Buenos Aires

Leyenda de Maitén
y el dios del lago

En medio de los Andes Patagónicos, rodeada por la belleza natural de los lagos del sur, se hallaba enclavada la toldería.

Allí vivía Maitén, una hermosa india araucana que despertaba la admiración de los jóvenes del lugar.

Según las costumbres de la tribu, Maitén ya estaba prometida a Coyán, un joven indio que amaba a la muchacha y deseaba formar su familia con ella.

Pero sucedió que un día, dos indios pehuenches que se encontraban por los alrededores cazando vieron a Maitén a orillas del lago Nahuel Huapi y quedaron prendados de su belleza.

—Me casaré con esa muchacha —dijo uno de ellos.

—También yo quisiera casarme con ella —dijo el otro.

—¿Qué vamos a hacer entonces? ¿Pelear entre nosotros que somos hermanos de sangre, para conseguir su amor?

—No, nada de eso haremos; hablaremos con ella para que decida con cuál de los dos se quedará. No olvides que pertenece a otra tribu y que, además de su elección, queda aún por saber si su familia está de acuerdo.

—Está bien, pero antes juremos respetar la decisión de esa joven, sin celos ni venganzas.

Se hicieron mutuamente el juramento y fueron a hablar con Maitén.

—Eso no puede ser posible —les contestó la muchacha conmovida—; mis mayores ya me prometieron a Coyán desde pequeña; nos queremos y cumpliremos con los deseos de nuestras familias.

Los indios se sintieron desairados y estaban dispuestos a no darse por vencidos. Entonces fueron a consultar a una vieja adivina.

—Es muy difícil lo que me piden —contestó la mujer—; Maitén y Coyán se quieren.

—No nos importa, uno de los dos se casará con ella, está decidido.

—Bien, en ese caso, sólo una cosa podré hacer; consultaremos al dios del lago.

Los dos pehuenches estuvieron de acuerdo. La adivina adormeció a la joven y la colocaron en una embarcación.

Luego la arrojaron al lago y comenzó a deslizarse suavemente en las azuladas aguas, hacia la morada del espíritu.

Los indígenas se quedaron apostados en la orilla, esperando impacientes.

De pronto, levantando gigantescas olas, el dios del lago emergió de las profundidades, bramando. El cielo se oscureció y un viento huracanado azotó los rostros de los dos indios.

Luego, las gigantescas olas se lanzaron con fuerza hacia la orilla abriendo un lecho en la tierra por donde se deslizó el agua formando un río.

Los pehuenches vieron asombrados cómo la embarcación donde estaba Maitén navegó segura por aquel río y a Coyán aferrado a ella.

Impulsados por la corriente se alejaron y no se los vio más por el lugar.

Cuentan los nativos que el dios del lago Nahuel Huapi los llevó a una hermosa tierra donde pudieran vivir felices y en paz y que, después de mucho tiempo, aparecieron transformados en "macá* plateados".

Estas aves llegaban al caer la tarde, y después de sobrevolar el lago, se posaban unos instantes sobre sus aguas azules; dicen que en agradecimiento al espíritu del lago, por haberles brindado esta dicha.

---

*Macá: también se lo llama "zambullidor". Es un pájaro acuático del tamaño y apariencia más o menos de una paloma y que tiene la característica de tener sus patas de dedos largos muy atrás, lo que hace que camine erguido; no tiene nada de cola y en su cabeza se destacan su largo y fino pico, sus ojos rojos y un penacho de plumitas blancas que sólo lucen los machos. Su caminar es torpe y gracioso por la ubicación de las patas, pero en el agua demuestra gran habilidad para nadar y bucear.

Leyenda de Río Negro

El baile del zorro

Una vez, el zorro se encontró envuelto en una de las tantas trifulcas causadas por sus picardías.

Así fue que apareció por el pueblo, vaya a saber de dónde, perseguido por unos perros que le ladraban furiosos.

Todo el vecindario lo vio, como desesperado trataba de esquivar a sus perseguidores.

El compadre tigre también lo vio, que, sentado a la sombra de un árbol, cantaba una chamarrita acompañado de su guitarra.

Al oír el bochinche que hacían el zorro y los perros, dejó de cantar, apoyó la guitarra en el suelo y se puso a mirar tranquilamente cómo se las arreglaba su compadre para salir de ésta.

El zorro, fuera de sí, corría de un lado para otro, ya ni cuenta se daba por dónde pasaba; quería sacarse los perros de encima y corriendo delante de ellos gritaba:

—¡Dejen paso! ¡Dejen paso!

De pronto enderezó directamente hacia donde estaba sentado el tigre.

Todo sucedió tan rápido que no tuvo tiempo de salir del camino ni de sacar la guitarra.

El zorro corría como una flecha y como una flecha pasó sobre la guitarra, haciendo sonar las cuerdas con sus patas de tal manera, que cualquiera pudo pensar que el baile iba a comenzar.

El zorro sorprendido se paró en seco y miró al tigre, pero como los perros se acercaban cada vez más, se dio a la fuga velozmente mientras gritaba:

—¡Como para baile ando, compadre!

Cuento de Entre Ríos

El quirquincho tejedor

Una vez, el quirquincho* necesitó un poncho nuevo y, como era muy buen tejedor, decidió hacerse uno.

Tomaba el vellón de lana de guanaco y de vicuña y formaba hebras muy finas, torciéndolas en el huso.

Poco a poco se fue formando el ovillo.

Cuando la lana estuvo lista, clavó cuatro estacas en el suelo y armó el telar.

Comenzó entonces a tramar la tela; el ovillo iba y venía, mientras los colores se entremezclaban formando guardas.

Estaba en esta tarea, cuando un quirquincho vecino que pasaba por ahí le comentó que se estaba preparando una fiesta y que faltaban muy pocos días.

El quirquincho no le dijo ni sí ni no, pero se entusiasmó mucho con la idea y comenzó a apurarse para terminar su poncho. Quería estrenarlo en esa oportunidad.

Como el tejido no avanzaba todo lo que él quería, hiló las hebras más gruesas.

La tela ya no quedaba tan fina, ahora la trama salía más gruesa y despareja.

Pero el quirquincho quería terminar rápido y tejía y tejía afanosamente, sin darse cuenta de que los días pasaban.

Una tarde pasó por ahí su vecino y le preguntó:

—¿Qué está haciendo, don?

—Me estoy tejiendo un poncho para la fiesta.

—¡Pero mi amigo, si la fiesta ya pasó!

—¿Cómo que ya pasó? —preguntó contrariado.

—Sí, mi amigo, la fiesta se hizo anteayer —le contestó su vecino.

—¿Y cómo no me avisó?

—Usted no me dijo que quería ir y, como estaba tan ocupado, pensé que no tenía interés.

—¡Qué tonto que he sido! —exclamó desilusionado.

Ahora no tendría tanto apuro y siguió tejiendo con las hebras más finas.

Y terminó el poncho. No era un trabajo como los que él estaba acostumbrado a hacer; era muy visible el contraste que hacían las partes finas de las gruesas.

—Y bueno, ya está hecho —dijo y lo usó igual.

Pasó el tiempo, el quirquincho se hizo más viejo y ya no tuvo más ganas de tejer.

Siguió usando ese único poncho hasta que pasó a ser parte de su cuerpo.

* El quirquincho, en quechua *quirquinchu*, es una especie de armadillo que posee un caparazón óseo, parecido al poncho de la leyenda; con placas chicas en la cabeza y en la cola y placas más grandes y separadas en el medio. Se lo conoce también con los nombres de piches, tatúes, peludos y armadillos. Hay una gran variedad de cuentos y leyendas de este simpático animalito, como así también coplas y adivinanzas, resaltando sus características como la de arquearse hasta parecer una bola, cuando se ve en peligro.

Ovillejo, ovillejo
cara de viejo,
ancho y bola,
fortacho en la cola.

Leyenda quechua

Don Roque y los cazadores

Lindando el río Paraná, iban dos cazadores con sus perros con la intención de cazar algunos carpinchos y nutrias.

Por el camino se encontraron con la casa de don Roque, un formoseño que vivía en compañía de varios perros.

Don Roque amaba mucho a los animales, no soportaba que se los maltratara y al ver a los cazadores les preguntó:

—¿Qué andan haciendo por aquí?

—Cazando animales pero sin resultado —le respondieron; ya es mediodía, ni siquiera cazamos un carpincho y tenemos hambre, ¿usted nos podría dar algo?

—Tengo comida si quieren —y acariciando a los perros preguntó—: ¿y a estos qué les dan?

—Huesos nomás.

—¿Les gustan?

—Sí, cómo no les van a gustar.

—Está bien —dijo don Roque y entró en la casa.

Al rato salió con dos fuentes, una con

carne y la otra con huesos. La de carne se la dio a los perros y la de huesos a los cazadores.

—¿Qué nos da? —preguntaron asombrados—. ¿Huesos? ¡Cómo vamos a comer eso!

—Si a los perros les gusta, por qué no les va a gustar a ustedes —les contestó don Roque—. ¿No ven que a los perros también les gusta la carne?

Cuento de Formosa

La suegra del diablo

Ésta era una vieja orgullosa y dominadora, que tenía una hermosa hija, la que sólo hacía su voluntad.

Cuando llegó a la edad de casarse, la vieja ya tenía todo calculado y le dijo:

—Mirá hijita, yo quiero lo mejor para vos y sólo te dejaré casar con el hombre que tenga dientes de oro y un caballo con cola de plata, orejas negras y una montura bien chapeada.

Pasó el tiempo y un día apareció en la casa un caballero de buena estampa, y como reunía todos los requisitos que la vieja imponía, se casó con la joven.

Al principio todo fue bien, pero la vieja era tan dominadora y hacía trabajar tan duro a su yerno que un día, cansado, decidió hacer algo.

Como poseía habilidades que nadie sabía, comenzó a transformarse en distintos animales; una vez, en un perro; otras, en un burrito y así podía esconderse de su suegra por lo menos una buena parte del día.

La anciana al no encontrarlo comenzó a sospechar, y como no era tonta, enseguida descubrió que su yerno no era nada más ni nada menos que el mismísimo diablo.

Por supuesto que esto no la atemorizó y de inmediato buscó una botella vacía, un poco de cera virgen y lo llamó:

—Me di cuenta de lo que hacés —le dijo; no te conocía estas habilidades. ¿A ver si sos capaz de convertirte en hormiga y meterte en esta botella? —lo desafió.

Y el diablo para no ser menos lo hizo tal como se lo había pedido su suegra.

La vieja sin perder el tiempo tapó la botella con la cera y mientras la sacudía con fuerza llenándolo de golpes le dijo:

—Así que me querías engañar, ahora te vas a quedar aquí hasta que yo quiera —llevó la botella al monte y la colgó en la rama de un árbol.

Al tiempo pasó por ahí un leñador, vio la botella colgada en el árbol y se acercó.

—¡Sáqueme de aquí, le voy a dar los dones que quiera! —oyó que le gritaban desde adentro.

Intrigado comenzó a observarla.

—¿Quién grita? —preguntó.

—¡Sáqueme de aquí, le voy a dar todos los dones que quiera! —volvió a oír. Intrigado descolgó la botella y la destapó.

Al instante salió de allí el diablo y le dijo:

—Cumpliré mi promesa, serás curandero, pronto curarás a la hija del Rey y te haré famoso.

Así sucedió; se enfermó la hija del Rey y la curó. Luego se enfermó otra gente del palacio y también la curó.

El leñador se hizo famoso como curandero pero a la vez se fue haciendo más ambicioso y esto al diablo no le gustó. Entonces se metió en el oído de la Reina y le produjo un fuerte dolor de cabeza.

Llamaron al curandero y éste, por más que hizo todo lo que se le ocurría para curarla, no pudo.

—No entiendo qué pasa —le dijo al Rey.

—Eso es cosa tuya, te ordeno que la cures sí o sí —le contestó.

Se puso a estudiar el caso y se dio cuenta de que lo que le producía el fuerte dolor de cabeza era el diablo que estaba metido en el oído.

—Salí de ahí —le ordenó.

—No voy a salir y mejor que desaparezcas, porque estoy por llevarte al infierno —le contestó.

La Reina se puso peor y el Rey muy enojado dijo al curandero:

—Tenés que curarla, porque en ello te va la vida.

Al curandero le temblaron las piernas de miedo, no sabía cómo hacer para sacar al diablo de ahí.

De pronto recordó algo que había oído en el pueblo; él mucho no lo creía pero igual pensó en un plan para deshacerse del diablo y lo puso en práctica.

Entonces reunió a un grupo de gente y les ordenó que fueran a hacer medio ruido en la habitación de la Reina. Todos creyeron que se había vuelto loco.

Después se acercó a la enferma, le pidió que tuviera un poco de paciencia y esperó.

Al rato se asomó el diablo por el oído de la mujer y preguntó:

—Che, ¿qué pasa?

—Pasa que ahí viene tu suegra —le contestó el curandero.

—Ah no, eso no lo aguanto, yo me voy —dijo el diablo y salió corriendo.

Al instante la Reina sanó, pero el curandero ya no quiso curar más a nadie y se fue a vivir tranquilo a su casa.

Cuento de Tucumán

Domingo siete

Érase que eran dos compadres, uno rico y el otro pobre; el rico se llamaba Ramón, y el pobre, Laureano.

Laureano era tan pobre que a veces tenía que recurrir a la ayuda de su compadre; pero éste era bastante avaro y siempre le ponía miles de excusas para no prestarle dinero.

Un día Laureano salió en busca de trabajo pues las necesidades eran muchas y dinero tenía muy poco. Esta vez decidió no ir por el camino de siempre y salió en dirección opuesta.

—"Puede que me cambie la suerte" —pensó y se puso en marcha.

Anduvo hasta casi el atardecer y ya perdía las esperanzas cuando a lo lejos divisó una casa; rápidamente se dirigió hacia allí.

Al llegar, comprobó que se trataba de una casa abandonada y desilusionado pensó: "Creo que hoy no conseguiré nada. Mejor me vuelvo antes de que anochezca".

De pronto sintió que venía gente. Tuvo miedo; a una casa abandonada sólo pueden llegar ladrones o maleantes.

—Me esconderé hasta que se vayan —dijo y no encontró nada mejor que un tirante en el techo; trepó en él y se quedó bien callado para que no lo descubrieran.

Eran unos gauchos desconocidos; jamás los había visto por el lugar.

Entraron en la casa como si fuera suya, prendieron fuego, se sentaron y comenzaron a tocar la guitarra y a cantar:

—Lunes y martes,
y miércoles tres,
jueves y viernes,
y sábado seis...

La reunión se iba animando cada vez más y entusiasmados por la música comenzaron a bailar, mientras repetían una y otra vez los mismos versos:

—Lunes y martes,
y miércoles tres,
jueves y viernes,
y sábado seis...

Laureano se divertía mucho viéndolos desde su escondite pero le aburría escuchar siempre la misma canción hasta que de pronto se le ocurrió que le podría agregar algo y al llegar a "sábado seis" gritó:
—¡A las cuatro semanas
se ajusta el mes!

Los gauchos pararon de cantar, miraron hacia arriba desde donde venía la voz y descubrieron al intruso.

—Baje, mi amigo, ¿qué hace ahí? —le dijeron.

—Oí venir gente y me asusté.

—Amigo, somos gente buena, baje tranquilo.

Cuando Laureano bajó, los gauchos muy contentos le dijeron:

—Estamos muy agradecidos porque nos alargó el verso —y en recompensa le dieron mucho dinero en onzas de oro.

Contento como no lo había estado nunca, volvió a su casa y le dijo a su esposa que lo estaba esperando:

—Mujer, mira lo que traigo, ve a lo de mi compadre y pídele prestado el almud* para medir las onzas.

Ramón, intrigado por el pedido de su compadre, comentó a su mujer:

—¿Qué estará por medir Laureano tan pobre como es? Vamos a poner una cosa que lo pegue al almud para ver qué mide.

Así lo hizo y se lo mandó.

Laureano midió su oro y devolvió enseguida el almud a su compadre.

Cuando Ramón lo tuvo en sus manos, observó que tenía pegada una onza de oro; inmediatamente fue a la casa de su compadre y le preguntó:

—¿De dónde has sacado esta onza?

Mientras Laureano le contaba lo que le había sucedido, en Ramón crecía la codicia. Él iba a hacer lo mismo.

Al otro día fue a la casa abandonada; se trepó al tirante como lo había hecho su compadre y esperó.

Ya anochecía cuando llegaron los gauchos y, como era su costumbre, prendieron el fuego y se pusieron a cantar. Ahora el verso era un poco más largo con el agregado de Laureano.

—Lunes y martes,
y miércoles tres,
jueves y viernes,
y sábado seis,
a las cuatro semanas
se ajusta el mes...

Escuchó varias veces la canción y de pronto se dio cuenta de que faltaba el domingo. Esperó a que llegaran a "sábado seis" y gritó:

—¡Falta domingo siete!

Esta interrupción no les gustó nada porque les había descompuesto el verso y lo bajaron del tirante con la intención de darle una paliza por entrometido.

Por suerte Ramón pudo zafarse de los irritados gauchos y salió corriendo con todo lo que le daban sus piernas.

—¡Qué atrevido! —exclamaron—. Venir a arruinarnos el canto; mejor que no aparezca más por aquí.

Por supuesto Ramón no apareció más por ahí y se cuidó muy bien de no comentar nada.

Pero la historia igual corrió de boca en boca, se conoció en todo el lugar y más lejos también, y desde aquel día, quedó la costumbre de que cuando alguien dice algo inoportuno exclaman:

—¡Ya salió con un domingo siete!

*Almud: medida de capacidad antigua que equivale a 1 litro y 76 centilitros, con la que se medían los frutos secos o granos; en el caso del cuento, las onzas.

Cuento de San Luis

La mujer porfiada

Dicen que ésta era una mujer muy pero muy porfiada.

Una vez, enterada de que se hacía un baile de Carnaval en Cafayate, le pidió a su marido que la llevara.

—No podemos ir —le contestó su marido—, el río está muy crecido y no podemos cruzar; es peligroso.

—Pero yo quiero ir y voy a ir al baile —retrucó la mujer.

—Te digo que es muy peligroso.

—No, yo quiero ir.

—Bueno, entonces te voy a ensillar el caballo manso.

—No —insistió la mujer—, quiero el potro.

—Está bien, pero el bombo lo llevo yo para que puedas dirigirlo mejor.

—No, el bombo lo llevo yo.

—¡Está bien! —exclamó el hombre ya bastante fastidiado— pero me vas a hacer caso cuando crucemos el río, yo te voy a decir por dónde tenés que ir.

El marido hizo todo lo que su mujer quería y salieron al otro día bien temprano.

Cuando llegaron al río, le indicó por dónde tenía que pasar para que no la arrastrara la corriente.

Pero la mujer cruzó por donde ella quiso y como se lo había advertido su esposo, la corriente la llevó aguas abajo.

El hombre maldiciendo el carácter porfiado de su mujer trató de sacarla. El río pudo más; entonces comenzó a caminar por la orilla para ver si la encontraba.

Al otro día un vecino lo vio y le preguntó:

—Amigo, ¿qué anda haciendo?

—Estoy buscando a mi mujer, ayer se la llevó la corriente.

—Pero cómo la busca río arriba, tiene que ir río abajo.

—Mi amigo, conozco a mi mujer, es tan porfiada que seguro debe haber tomado para el lado contrario.

Cuento de Jujuy

Cuentos y leyendas
de América

Leyenda de la yerba mate

Una noche, Yací la luna, con Araí la nube, descendieron a la Tierra en forma de hermosas mujeres.

Fascinadas por la belleza de la selva paraguaya, recorrían los sinuosos senderos entre la vegetación, cuando de pronto, las sorprendió un yaguareté que amenazaba lanzarse sobre ellas.

Atemorizadas quisieron huir, pero la fiera les cortó el paso con un ágil salto.

Yací y Araí quedaron paralizadas de horror y ya la fiera se abalanzaba sobre ellas, cuando en el mismo instante en que daba el salto, una flecha surcó el aire, hiriéndola en un costado.

Un viejo indio que en ese momento andaba por el lugar vio el peligro que corrían las dos mujeres y sin pérdida de tiempo disparó la flecha.

Pero la fiera no había sido herida de muerte y enfurecida se abalanzó sobre su atacante, que con la destreza del mejor arquero, volvió a arrojarle otra flecha que le atravesó el corazón.

El peligro había desaparecido. Yací y Araí habían recobrado sus primeras formas y ya estaban en el cielo convertidas en luna y nube.

Entonces el viejo indio volvió a su casa pensando que todo había sido una alucinación.

Sin embargo, esa noche mientras descansaba, Yací y Araí aparecieron en su sueño y después de darse a conocer, agradecidas por su noble acción, le hicieron un regalo.

En sueños le explicaron que cuando despertara, encontraría a su lado una planta, cuyas hojas debían ser tostadas para hacer una infusión.

Esta bebida reconfortaría al cansado y tonificaría al débil.

El viejo indio despertó y, efectivamente, vio la planta a su lado. Cosechó sus hojas y las tostó, tal como le habían dicho Yací y Araí.

Aquella infusión era el mate, una bebida exquisita, símbolo de amistosa hermandad entre los hombres, hasta el día de hoy.

Leyenda del Paraguay

La bruja

Escazú, la ciudad de las brujas, se encuentra sobre la falda de los cerros de Alajuela, como si hubiera venido rodando desde arriba con su pedregal y sus guaridas.

Allí, en una casa blanca con una puerta azul, en compañía de cinco perros, vivía la bruja Elvira.

Según cuentan los vecinos, fue muy bonita y se casó cuando aún era una niña con un joven del lugar. Formaban una hermosa pareja y vivieron muchos años felices, hasta que un día, el joven esposo salió como de costumbre para su trabajo y no volvió nunca más.

Miles de suposiciones se hicieron los pobladores de la ciudad, pero un profundo misterio rodeaba la extraña desaparición del muchacho.

Elvira buscó sin descanso a su marido y como no conseguía saber nada de él, comenzó a consultar a hechiceros y adivinos como último recurso.

Poco a poco fue conociendo las artes

de unos y de otros y sin darse cuenta aprendió el oficio hasta terminar por ejercer, con mucha sabiduría, el arte de la brujería.

Pese a todo nunca logró saber nada de su querido esposo.

Pasó el tiempo, Elvira se fue acostumbrando a vivir sola, con la única compañía de sus recuerdos más queridos y sus cinco perros.

Entonces decidió ocuparse en algo y comenzó a usar todo lo que había aprendido.

Pronto se corrió la voz de que Elvira, la bruja, como habían empezado a llamarla, sabía curar los males del cuerpo y del alma y así fue cómo empezaron a llegar los vecinos en busca de alivio para sus dolores.

Una tarde calurosa del tercer mes del año, una muchacha de ojos color café golpeó con sus nudillos la puerta azul de la casa blanca.

—¿Quién llama? —preguntó la bruja.

—¿Déjeme entrar, doña —rogó la joven.

La bruja abrió la puerta y se encontró con la imagen viva de la desesperación.

—¿Qué tienes, hija?

—¡Ay doña, me quiero morir! —respondió la joven mientras se retorcía las manos nerviosa.

—Contáme, a ver si te puedo ayudar —la animó Elvira.

—Mire doña..., estoy de novia con un joven hace ya unos meses y... al principio nos llevábamos bien, pero ahora no sé qué le pasa, cada vez se aleja más de mí, como si ya no me quisiera más.

—¿Y vos? —preguntó la bruja.

—Yo... yo lo quiero mucho —contestó la joven entre sollozos.

—Y... ¿qué querés de mí? —inquirió Elvira.

—Un aguizote para enamorarlo.

—Bueno, bueno..., no te desanimes, veré qué puedo hacer —contestó la bruja.

Se dirigió hacia un gran aparador muy antiguo lleno de frascos, estatuillas raras, bichos embalsamados y un viejo cofre de cedro amargo, adornado con tachuelas doradas. Lo abrió y se dispuso a buscar el talismán que le daría la felicidad.

Ahí estaban la "piedra del venado", el "ojo de buey", los muñecos de cera, y en unos cacharritos de barro, el "agua serena" en donde se bañaban por las noches los pájaros del buen agüero.

La bruja se quedó un largo rato mirando aquellas cosas, luego cerró el cofre y miró a la muchacha.

Era bonita y graciosa pero tan mal arreglada...

Se quedó pensando y después dijo:

—Sí, sí —enseguida colocó en un ángulo del cuarto una gran tina, trajo algunos baldes de agua tibia de la cocina y volvió a decir:

—Sí, sí —y cuando la tina estuvo llena, miró a la joven y le pidió que se sacara la ropa.

—¿Cómo?

—Sacáte la ropa, hijita —aclaró la bruja.

—¿Para qué? —preguntó sorprendida la muchacha.

—Te voy a bañar con el "agua serena". Da muy buenos resultados —respondió la bruja sin dejar de preparar el baño.

—¿Aquí?

—Claro pues.

—Me da vergüenza —murmuró la joven.

—No debés tener vergüenza conmigo; yo puedo ser tu madre —dijo la bruja riendo.

Mientras tanto deshojaba flores de platanillo y las arrojaba en el agua diciendo:

—Cegua, recegua, nariz de manegua.

Ayudó a la muchacha a entrar en la tina y sin dejar de decir: "Cegua, recegua, nariz de manegua", comenzó a derramar agua con una jarra sobre los hombros y sobre la cabeza.

"Cegua, recegua, nariz de manegua", repetía como si fuera una oración mientras el agua corría por todo su cuerpo.

Terminado el baño, Elvira la cubrió con un gran lienzo, la hizo sentar en un taburete y comenzó a alisar sus cabellos terminando el peinado con dos largas trenzas que anudó graciosamente en la nuca. Le colocó una flor sobre la oreja izquierda, la ayudó a ponerse una túnica que tenía de cuando ella era más joven y dándole una palmadita la despidió sonriendo.

—¿Y el aguizote, doña? —preguntó la joven.

—El aguizote sos vos, tonta —respondió la bruja poniéndola frente a un espejo.

La muchacha se miró sorprendida y comprendió; su rostro se iluminó de alegría.

Un beso fue todo el pago y se alejó feliz.

Escazú era un poblado pequeño, y como en los pueblos pequeños todo se sabe, también se supo que hubo una boda con una gran fiesta donde una muchacha de ojos color café se había casado con un joven del lugar.

Cuento de Costa Rica

Jaboti, la tortuga

Cuentan que Dios, cierto día, resolvió hacer una fiesta en el cielo. La noticia se desparramó por montes y valles; los pájaros y los insectos empezaron a preparar sus galas.

Las aves, hasta los urubúes y las águilas, que son los más pesados, se pusieron a lustrar y pulir su plumaje negro, y a dar tinte amarillo a sus picos y garras.

Las mariposas se apresuraron a encargar nuevas alitas, y también las cigarras pasaron noches enteras tejiendo finísimas alas verdes.

Durante algún tiempo reinó en el bosque gran animación; pero, a pesar de semejante alegría, uno de los animales estaba muy triste por no poder ir a la fiesta del cielo.

Era Jaboti: una tortuga de patas cortas, que llevaba siempre la cabeza rugosa dentro de su oscuro caparazón.

Había oído contar las mil y una maravillas de las reuniones del cielo y de las exquisitas comidas que servían, ricos dulces y deliciosos vinos que los ángeles ofrecían a los invitados en preciosas copas de cristal y eso le quitaba el sueño.

Se pasaba los días pensando en la manera de subir allá, para ver a los ángeles y bailar sobre mullidas nubes.

Pasito a paso fue a pedir consejo al mono; pero éste le dijo con mucha sensatez:

—¿No ves que es imposible llegar hasta arriba? Dios, para no hacer diferencias, invita a todos los animales; pero sólo pueden concurrir los que tienen alas, porque son parientes de los ángeles. Es mejor que no pienses más en eso.

Pero Jaboti no se conformaba y fue a consultar al león.

El rey de los animales resultó aún más prudente y sensato que el mono.

Sacudiendo su tupida melena, contestó:

—Lo que quieres resulta imposible, amiga Jaboti. Haz como yo: espera la vuelta de los pajaritos y confórmate con lo que ellos traigan y cuenten. Como rey de la selva, exijo que cada cual me consiga un trozo de la mejor carne. De tal modo, como mucho más que si hubiese ido a la fiesta... y sin trabajo de volar. Haz como yo y pídele a algún pájaro que te traiga algo.

Como Jaboti no se conformaba, fue a visitar a la zorra. La zorra la miró de los pies a la cabeza y, burlándose, le dijo:

—¿Por qué no te mezclas con los pájaros que suben? Una vez cincuenta palomas y ochenta golondrinas llevaron una caja con un regalo para el Niño Jesús. Yo me escondí en ella y así pude llegar al cielo. ¡Haz como yo, amiga Jaboti!

Desde ese instante, la tortuga no descansó, ni comió, ni durmió; quería subir al cielo escondida en una caja.

Preguntó a palomas, a ruiseñores y a toda clase de pájaros; pero ninguno pensaba llevar regalos para el Niño Jesús.

Sin embargo, Jaboti no perdía las esperanzas.

Una tarde, mientras estaba pensando en la forma de llegar al cielo sin tener alas, escuchó la conversación de dos urubúes. Discutían la manera de llevarse una guitarra para tocar en la fiesta.

—Resulta un poco grande —opinaba uno de ellos.

—Sí, y demasiado pesada —decía el otro.

—Me parece que tendremos que meterla en una bolsa y alzarla entre los dos.

Cuando terminaron de hablar, ya sabía Jaboti lo que tenía que hacer.

Pasito a paso se acercó al árbol donde estaban los urubúes y se escondió en su caparazón. Allí esperó a que llegara el gran día.

Antes de partir, vino el urubú más joven con una bolsa. Con mucho trabajo consiguieron meter en ella la guitarra. Después bajaron al campo para comer.

Jaboti, sin perder un instante, abrió la bolsa, volvió a cerrar cuidadosamente la abertura y se introdujo en la guitarra.

Luego se quedó muy quietecita esperando a los urubúes.

En cuanto terminaron de comer, los urubúes agarraron el bulto y levantaron vuelo. La bolsa pesaba mucho; pero, descansados y además satisfechos de la comilona, siguieron viaje.

Era el primer vuelo de Jaboti y estaba muy mareada, pero no se movía pese a que los aleteos de los dos pájaros la descomponían más y más.

Los urubúes, acostumbrados a las grandes distancias, se divertían metiéndose entre las nubes, y también dejando caer la bolsa y tomándola de golpe. La pobre Jaboti sudaba frío.

Por fin llegaron a la fiesta.

Las puertas del cielo estaban brillantemente iluminadas; pero Jaboti, metida en la bolsa, nada podía ver.

Escuchaba, sin embargo, el dulce son de los violines tocados por los ángeles, las clarinadas de los arcángeles y las risas de los convidados.

Se sintió muy alegre cuando pusieron la bolsa en un rincón de la sala.

Esperó un rato y, poco a poco, sin que la vieran salió de su escondite.

El cuadro que se presentó ante su vista era deslumbrante. En la bóveda del cielo, resplandeciente y azul, lucían las nubes blancas y rosas; sobre las mesas tendidas, volaban ángeles grandes y chicos y había manjares exquisitos.

Todo era tan bueno y tan abundante, que a la feliz Jaboti no le alcanzaban los ojos para mirar ni la boca para comer.

Entre tanto, un coro de ángeles cantaba hermosas canciones.

Jaboti comió, bebió y se hartó de todo, sin que nadie reparara en ella.

Solamente notó que un Señor muy bello la miraba con extrañeza; pero como no le hizo ninguna pregunta, se tranquilizó.

También vio a los urubúes que cantaban y se divertían como locos tocando la guitarra.

Cuando dieron las doce, los dos urubúes estaban deshechos.

Entonces Jaboti, viendo que preparaban la vuelta, corrió a meterse dentro de la guitarra, y pidió a un amable angelito que la pusieran en la bolsa. El ángel sonrió y, sin preguntarle nada, así lo hizo.

Allí se quedó muy quietecita esperando a los urubúes.

Estos, muertos de cansancio, a duras penas arrastraron la bolsa hasta la puerta del cielo y de allí se largaron.

Bajaban pesadamente, porque el peso de la bolsa esta vez era mayor. Pesaba tanto, que entraron a desconfiar de que algún animalucho hubiese metido una piedra para jugarles una mala pasada.

Entonces se detuvieron un instante sobre una nube y desataron el cordel.

Cuando vieron a Jaboti dentro de la guitarra, se pusieron a chillar furiosos.

—¿Tiramos a esta sinvergüenza abajo? —preguntó el mayor de los urubúes.

—¡Claro! —contestó el otro.

Y, sin darle tiempo para explicar nada, abrieron la bolsa y la arrojaron al vacío.

La infeliz Jaboti vio abrirse un gran
pozo negro y empezó a caer velozmente hacia la tierra. Cuando llegaba al suelo, vio
que se iba a estrellar contra un montón de
piedras y, muy asustada, les gritó:

—¡Apártense, que si no, las rompo!

Pero las piedras estaban dormidas y
no la oyeron. Jaboti cayó estruendosamen-
te rompiéndose en mil pedazos y los urubúes, entre risotadas, se alejaron volando.

Entonces ocurrió algo maravilloso.
Apareció el bello Señor; aquel mismo bello
Señor que Jaboti había visto en la fiesta.

Lentamente fue recogiendo los res-
tos del pobre animalito colocándolos uno
junto al otro. Los unió tan bien, que casi no
se notaban los remiendos.

Luego, sin hablar, desapareció tan
misteriosamente como había venido.

Al sentirse otra vez entera Jaboti corrió hasta la laguna, lo más rápidamente
que pudo, para mirarse.

¡Cuál sería su sorpresa al verse de
nuevo como antes!

El viaje no había sido del todo feliz,
pero se sentía muy contenta porque había
cumplido con su sueño.

Desde entonces todas las tortugas
tienen el caparazón remendado.

Cuento del Brasil

Leyenda de la quena

En los dominios de Maratec, mucho tiempo antes que bajara de los altos valles la gente de Manco Capac, el hijo del señor de la comarca se enamoró de una india llamada Zenaguet.

El Sol contempló con ternura este amor limpio y puro, y les envió sus rayos protectores. La Luna, en cambio, se opuso a este idilio y miró con antipatía a los enamorados, bañándolos con su luz enfermiza.

Un día Zenaguet enfermó gravemente y nada pudo hacer su enamorado por salvarla. Un atardecer, antes que apareciera en el cielo el Lucero del Alba, murió.

La angustia y la desesperación invadieron al pobre muchacho que enloqueció de dolor, junto al cuerpo inmóvil de la joven.

Allí se quedó largos días, velando a su amada, y cuando llegó el momento de sepultarla, sacó la tibia de una de sus piernas y comenzó a tallarla. Poco a poco de entre sus manos nació un instrumento.

El viento se filtró por sus agujeros y

brotó un sonido triste y dulce como jamás se había oído.

El muchacho creyó que era el alma de su amada y con empeño trató de tocar música para ella. Pero su corazón se estremecía de dolor y sólo pudo sacar de aquel instrumento dolientes melodías.

Así echó a rodar por montes y quebradas, llevando sus quejas por toda la comarca, hasta que un día calló para siempre.

De un gran amor y un tremendo dolor había nacido la quena, y hasta el día de hoy siguen brotando de ella las melodías más tristes, pero también las más dulces.

Leyenda del Perú

Juan el tonto y las moscas

Juan era un muchacho sencillo, simpático pero muy inocente.

Un día su madre lo mandó al pueblo a comprar miel y Juan muy obediente se encaminó hacia allí.

Cuando volvía a su casa, una nube de moscas rodeó el frasco y golosas se zambulleron en la miel.

Juan trató de espantarlas.

—Si quieren miel, tienen que comprarla —les dijo.

Pero las moscas no le contestaron y siguieron pegadas al frasco.

Al fin, cansado de luchar con ellas decidió dejar el frasco a un costado del camino y regresó a su casa.

—¿Dónde está la miel que te mandé comprar? —le preguntó su madre.

—Mamita, las moscas me seguían y no querían dejar la miel por nada del mundo; entonces la dejé en el camino.

—¡¿Cómo que la dejaste?!

—Sí mamita, no te preocupes, algún día me la pagarán.

—¡¿Algún día?! Ahorita mismo vas a recuperar el dinero que te di.

Juan volvió a donde estaban las moscas y les pidió una y otra vez que le pagaran la miel, pero ellas estaban muy entretenidas con su banquete.

Entonces, indignado fue al pueblo a denunciarlas.

El juez escuchó con paciencia toda la historia y al ver la ignorancia del muchacho le dijo:

—No podrás cobrar tu dinero, pero puedes castigarlas si quieres; donde quieras que veas una, mátala.

Rápidamente Juan fue en busca de ellas y las mató y en donde veía una, también la mataba.

Un día fue con su madre a la misa y al entrar en la iglesia, vio que una mosca estaba parada sobre la coronilla del cura que estaba predicando.

Para Juan lo que le había dicho el juez era ley; entonces tomó un palo del suelo y mató la mosca, pero también mató al cura y a Juan lo metieron preso.

Cuando fue al juicio a declarar, el muchacho dijo lo que el juez le había aconsejado: que las matara dondequiera que las encontrara. Él había cumplido, por consiguiente salió en libertad.

Cuento de Puerto Rico

La langosta

¡La langosta! ¡El chapulín! —grita la gente en la tierra hondureña al ver las nubes de estos insectos oscureciendo el cielo.

Todos le temen y con razón, ya que su aparición significa la pérdida de las cosechas.

—Y pensar que esto sucede por la avaricia de un hombre —murmuran las mujeres mayores.

—En cierto lugar de Honduras —cuentan— vivía un hombre muy avaro.

Un año, en que el hambre y la escasez azotaban la región, este señor tuvo mejor suerte, consiguiendo una buena plantación de maíz.

Cuando la época de la cosecha llegó, un grupo de campesinos, los más castigados, fueron a pedirle ayuda a cambio de su trabajo. El hombre se negó.

—Es de mal agüero comenzar de este modo la cosecha de mi maizal —dijo.

—Pero señor, tenga un poco de compasión, le devolveremos todo en la próxima cosecha.

—Rotundamente no —dijo y los echó de su casa de mal modo.

Fue entonces que una anciana que se encontraba entre ellos lanzó un grito y comenzó a llorar desesperadamente.

Pero el hombre no se compadeció.

Los campesinos volvieron a sus casas, pero la anciana, desfalleciente de hambre, se quedó llorando.

Entonces sucedió algo inesperado; de cada lágrima que derramaba la anciana sobre la tierra, fueron brotando uno a uno estos insectos.

El hombre, que aún no había entrado en la casa, vio con horror cómo se fueron multiplicando en millones de chapulines y en pocos minutos dieron fin a su plantación, dejando la tierra totalmente devastada.

Leyenda de Honduras

La serpiente emplumada

En los años 700 y principio del 1300, fueron construidos gran parte de los edificios de Chichen Itza en México.

Entre ellos se encuentra la pirámide levantada en honor a Quetzalcóatl, dios de la vida y la sabiduría, representado por una serpiente emplumada llamada Kuklkán.

Por aquellos tiempos, Quetzalcóatl llegó desde el oeste a la península de Yucatán, para civilizar a los mayas. Allí permaneció durante diez años y con sus enseñanzas elevaron su cultura y mejoraron su nivel de vida.

Los indígenas llegaron a respetarlo y a quererlo y fue considerado el gran maestro, dios creador, protector y padre de la humanidad.

Mientras duró su estada fueron épocas felices, hasta que un día Quetzalcóatl debió partir hacia otras tierras.

Los mayas entonces decidieron levantar un monumento en su honor y construyeron una pirámide.

En su extremo, sobre la terraza se encontraba el templo, y para llegar a él, se eleva sobre sus cuatro lados una escalinata de noventa y un escalones que sumados hacen trescientos sesenta y cuatro, los días de un año.

Como celosa guardiana del templo, al pie de una de esas escalinatas, se encuentra la enorme cabeza de una serpiente.

Allí, todos los años, al inicio de cada ciclo agrícola, se hicieron rituales pidiendo buenas cosechas.

Pasó el tiempo y curiosamente, dos veces al año, se repite un extraño fenómeno en esta pirámide.

Durante los equinoccios del veintiuno de setiembre y del veintidós de marzo, alrededor de las 15 horas, precisamente sobre la escalinata que tiene la cabeza de serpiente, la luz del sol se va proyectando en los escalones, dibujando una serpiente emplumada de unos treinta y cuatro metros de largo.

Esta imagen luminosa, que comienza en su parte más alta, va descendiendo lentamente hasta unirse a la cabeza, completando la imagen de la serpiente emplumada.

Los lugareños dicen que es el descenso simbólico de Quetzalcóatl y que su espíritu estuvo siempre allí, para proteger a los mayas.

Leyenda de México

Rip Van Winkle

Rip Van Winkle era un campesino al que no le gustaba mucho trabajar.

Las pocas cosas que hacía eran gracias a la insistencia de su mujer que machacaba una y otra vez para que las hiciera.

—Rip, ordeña la vaca.

—Rip, arregla el cerco, si no se escaparán los animales.

—Rip, ve a recoger fresas.

—Pero mujer, me vas a matar —protestaba Rip mientras se rascaba su negra barba, que era el mayor placer.

—¿No querías pastel de fresas? Pues si no hay fresas no hay pastel.

Y Rip a regañadientes iba y hacía lo que le pedían.

Un día su mujer le encargó:

—Mañana bien temprano irás al bosque a cazar algo; no tenemos nada de comer.

—Mujer, ¿y la vaca?

—Sólo da leche.

—¿Y los cochinillos?

—No están lo suficientemente gordos.

—¿Y las gallinas?

—Tenemos muy pocas y sólo ponen huevos. Si te conformas con eso, puedes librarte de ir a cazar.

Pero Rip tenía muy buen apetito; a la mañana siguiente se levantó temprano, cargó su escopeta al hombro y rascándose su barba, salió camino al bosque perezosamente.

Anduvo toda la mañana sin encontrar una sola presa que valiera la pena cazar y cansado de caminar dijo:

—Me echaré una siestita.

Se recostó en el tronco de un árbol que le daba buena sombra y se quedó profundamente dormido.

Cuando despertó se sintió como nuevo y con ganas de poner todo su empeño en cazar una buena presa para que su mujer estuviera contenta.

Al tomar su escopeta observó con asombro que ésta estaba totalmente oxidada. No podía comprender cómo había sucedido ya que si hubiera llovido, no era como para que se oxidara de esa forma.

Era muy difícil creer lo que estaba viendo; mecánicamente levantó su mano para rascarse la barba y cuál no sería su sorpresa cuando descubrió que ésta había crecido tanto que le llegaba hasta la cintura y no era negra sino blanca como la nieve.

—Estoy soñando —dijo y se cacheteó la cara para despertar; pero no, estaba bien despierto.

Entonces decidió volver a su casa para contarle a su mujer lo que le estaba pasando.

Al salir del bosque divisó a lo lejos que en el lugar donde estaba su casa había otra más como formando un pequeño poblado.

Caminó con paso firme y apresurado hacia allí; desconocía ese lugar y no encontraba su casa.

De pronto vio a un campesino que venía en dirección hacia él y le preguntó:

—Señor, aquí estaba mi casa y ahora no la encuentro, ¿me puede decir qué ha sucedido?

—¿Aquí?, nada, señor. ¿Qué casa es la que usted busca?

—La de Rip Van Winkle.

—¡Ah! Esa casa ya no existe desde que Rip se fue al bosque a cazar y no volvió más.

—¿Y la mujer?

—La mujer lo esperó mucho tiempo y al ver que no volvía se fue a la casa de sus padres y no volvimos a saber más nada de ella.

Rip se quedó sin palabras; al parecer la siestita que se había propuesto dormir había durado demasiado, nadie sabe cuánto.

Por eso, desde aquel día, quedó la costumbre de decir, cuando a una persona le gusta dormir mucho, que duerme como Rip Van Winkle.

Cuento de los Estados Unidos

El dueño del sol

Hace mucho tiempo los guaraos, una tribu que habitaba en las orillas del Orinoco, no conocían al sol y vivían en total oscuridad.

Sin embargo los sabios y los ancianos aseguraban que el sol existía y que un hombre que vivía en las alturas, más allá de las nubes, lo tenía prisionero pero nadie sabía el lugar exacto donde se encontraba.

Ya habían partido muchos guaraos a recorrer las tierras en busca de un indicio pero todos habían fracasado.

Un día, un guarao que tenía dos hijas, después de mucho recorrer y averiguar, consiguió saber dónde estaba prisionero el sol y cómo se llegaba hasta allí.

Enseguida regresó a su rancho con la idea de enviar a su hija mayor a rescatarlo. Pensaba que al ser mujer podría tener mejor suerte.

El guarao habló con su hija largamente y le indicó el rumbo que debía seguir. Juntos rogaron a los dioses para que no le faltara su protección en ningún momento, y después de abrazar a su padre y a su hermana, salió en dirección al oeste.

La joven caminó sin descanso hasta llegar al horizonte y allí comenzó a subir por entre las nubes como si debajo de sus pies existiera una escalera invisible; un mundo sobrenatural mezclado de nubes blancas, rosadas y celestes se abrió entre sus ojos.

Por un momento se quedó extasiada ante el maravilloso paisaje pero al recordar el pedido de su padre empezó a observar detenidamente el lugar y detrás de una gran montaña de nubes descubrió la casa donde vivía el dueño del sol.

Golpeó la puerta y apareció un hombre de larga barba blanca y ceño fruncido que la observó de pies a cabeza sin decir una sola palabra.

—Mi padre quiere que saques al sol del escondrijo y lo dejes libre en el cielo, para que pueda alumbrar la tierra de abajo —dijo la muchacha atemorizada, ante tan extraño personaje.

—¡No! —contestó el dueño del sol.

—Mi padre te pide que liberes al sol y lo dejes correr por entre las nubes —repitió la muchacha, ahora con más firmeza.

—No lo haré —contestó el hombre—, márchate y no vuelvas a molestarme.

—¿Cómo te atreves a hablarme así? —increpó con severidad la guarauna al comprobar la obstinación del hombre—. ¿No piensas liberar al sol?

—No, yo soy su dueño y sólo brillará para mí cuando yo quiera —contestó el hombre—.

—Pero,¿es que no piensas en toda la gente que vive allá abajo en la oscuridad, sin nada que entibie sus cuerpos, cuando sienten frío? —siguió insistiendo la muchacha sin darse por vencida; mientras tanto observaba la casa para ver si lograba descubrir dónde estaba encerrado el sol.

Por fin vio, en un rincón, una extraña y grandísima bolsa colgada del techo y se quedó mirándola con la sospecha de que allí estaba el sol.

El hombre al ver que la guarauna estaba a punto de descubrir su secreto gritó:

—¡Cuidado! No se te ocurra tocar eso.

Por el tono de la voz y el nerviosismo que demostró el hombre,la guarauna no tuvo la menor duda de que allí estaba encerrado el sol. Sin hacer caso a la amenaza del hombre, se lanzó de un salto sobre la bolsa y la rompió de un manotazo.

Inmediatamente apareció el rostro luminoso del sol, rojizo y deslumbrante. El calor y la luz de sus rayos se esparcieron sobre las nubes, sobre los cerros, la selva, la tierra y la gente de abajo. Con su claridad traspasó el mismo fondo de los ríos y los mares y alumbró la región de los que vivían debajo del agua.

El hombre, al ver su secreto descubierto, y que ya no podría volver a atrapar al sol, lo empujó con rabia hacia al este y lanzó la bolsa rota hacia el oeste, y allí quedaron colgados. La luz potente del sol iluminó la bolsa y así se convirtió en la luna.

Mientras tanto la guarauna huyó con todo lo que le daban sus fuerzas, antes de que el hombre pudiera descargar sobre ella la furia que sentía.

Cuando llegó a la tribu, la encontró desconocida al estar iluminada por el sol; la gente miraba asombrada aquella masa luminosa y levantaba sus brazos orando para dar gracias a los dioses.

Al llegar a su rancho, el padre salió a recibirla, feliz por tenerla nuevamente a su lado. El guarao no hacía más que contemplar la hermosura del sol brillante en el cielo.

El único inconveniente era que el astro rey hacía su recorrido por el cielo demasiado rápido y los días eran muy cortos. Pasaba apenas medio día y el sol se ocultaba detrás de los cerros quedando iluminados únicamente por el tenue reflejo de la luna.

Entonces el guarao llamó a su hija menor y le dijo:

—Vete al este; espera a que salga el sol y empiece a hacer su recorrido por el cielo. Cuando apenas haya comenzado a caminar, átale con cuidado esta tortuga.

La hija menor hizo lo que su padre le había pedido y logró enganchar a la tortuga en uno de sus rayos. La lentitud de la tortuga impidió que corriera demasiado y esta vez el sol iluminó la tierra un día entero, tal como lo tenían calculado los guaraos.

Cuando el sol se esconde detrás de los cerros, llega la noche y con ella la luna, que sigue el camino del sol, reflejando la luz que le envía desde el oeste.

Leyenda de Venezuela

PAULINA MARTÍNEZ

Nació en Buenos Aires. Desde 1970 se ha dedicado al estudio y recopilación de cuentos y leyendas populares de todo el mundo. Ha publicado numerosas antologías y también libros de cuentos de creación propia.

Desarrolla una activa tarea de difusión de los relatos folclóricos a través de charlas, conferencias y talleres.

ESTA TERCERA REIMPRESIÓN SE
TERMINÓ DE IMPRIMIR EN EL MES
DE ENERO DE 2008 EN COLOR EFE,
PASO 192, AVELLANEDA, BUENOS AIRES,
REPÚBLICA ARGENTINA.